Frauke Nahrgang

Die Kickerbande

Ein starker Spieler für das Team

Mehr spannende Geschichten von der Kickerbande:
Band 1: Anpfiff für das Siegerteam
Band 2: Fußballfreunde halten zusammen
Band 3: Wir gewinnen den Pokal!

Frauke Nahrgang,
geboren in Stadtallendorf, hat sich als Kinderbuchautorin einen Namen gemacht. Sie war Grundschullehrerin und beschäftigt sich seit vielen Jahren mit dem Erstleseunterricht.

Nikolai Renger
ist in Karlsruhe geboren und studierte Visuelle Kommunikation an der HFG in Pforzheim. Er ist als freiberuflicher Illustrator für verschiedene Verlage und Agenturen tätig und arbeitet seit 2013 im Atelier Remise in Karlsruhe.

Frauke Nahrgang

Die Kicker-Bande

Nikolai Renger

Ein starker Spieler für das Team

Arena

MIX
Papier aus verantwortungsvollen Quellen
FSC® C110508
FSC
www.fsc.org

1. Auflage 2020

Rottendorfer Str. 16, D-97074 Würzburg

Einband und Illustrationen: Nikolai Renger
Text: Frauke Nahrgang
Die Autorin wird vertreten durch die Autoren- und Projektagentur Gerd F. Rumler (München).
Gesamtherstellung: Westermann Druck Zwickau GmbH
ISBN 978-3-401-71503-2

www.arena-verlag.de

INHALT

18
9

AM FALSCHEN PLATZ

Was für ein müder Kick! Zum Glück hat Kevin uns in der ersten Halbzeit in Führung gebracht. Mit einem sehenswerten Flug-Kopfball. Das war allerdings das einzig Sehenswerte bisher. Denn seit diesem Tor haben wir keine – wirklich keine einzige – Chance mehr herausgespielt.
Dabei hatten wir uns vor dem Spiel so viel vorgenommen. Wir wollten die Felsberger abballern. Aber die haben nach unserer Führung sofort beschlossen: Bloß keine Klatsche kassieren! Sie fangen unsere Angriffe schon im Mittelfeld ab und ersticken jeden weiteren Vorstoß.

Eigentlich dürfte das für uns kein Hindernis sein. Eine Abwehr aus Beton zu knacken, ist unsere Spezialität. Heute knacken wir sie nicht. Woran liegt das? Ganz klar: In unserem sonst so gefürchteten Angriff fehlt ein wichtiger Teil. Nämlich ich!

Ich bin Finn Melzer und Stürmer bei den Bergheimer Kickern. Max, Kevin, Ali und ich – zusammen sind wir der Schrecken jedes Gegners. Aber heute stürmt Timmi für mich. Timmi ist ein Auswechselspieler.

Normalerweise wird er erst in den Schlussminuten eingewechselt, wenn wir hoch führen. Deshalb hat er nur wenig Spielpraxis. Ihm kann man also keinen Vorwurf machen, wenn es nicht läuft. Schuld daran sind Murats Eltern.
In der letzten Woche war Murat noch der Chef in unserer Abwehr. Aber gestern sind seine Eltern aus Bergheim weggezogen. Und Murat haben sie leider mitgenommen. Deshalb soll ich heute hinten dichthalten, hat Dirk, unser Trainer, gesagt.
Das gefällt mir gar nicht. Viel lieber würde ich vorne mitmischen.

Versucht habe ich es schon einmal: ein Sprint, eine Flanke in den Strafraum. Aber dort hat Timmi den Ball verloren und plötzlich hatte der Felsberger Achter freie Fahrt. Zum Glück war Emil, unser Torwart, hellwach. Puh, da bleibe ich wohl doch besser mal hinten!
Kurz vor Schluss will der Achter noch einmal aufmucken. Aber nun bin ich ja da. An mir kommt er nicht vorbei. Eine Grätsche ins Aus wäre ein Kinderspiel. Aber mir fällt

etwas Besseres ein. Ich werde Sieger im Zweikampf bleiben und Max mit dem Ball auf die Reise schicken. Und der wird dann – zack – den Deckel draufmachen. Doch es kommt anders: kein gewonnener Zweikampf! Kein Traumpass auf Max! Mit einem billigen, einem ganz billigen Trick lässt der Typ mich einfach stehen. Ehe ich es richtig begreife, dass er mich – mich – verladen hat wie einen Anfänger, hat er den Ball schon an Emil vorbeigeschoben.

Die Felsberger feiern das Unentschieden wie eine Meisterschaft. Wir dagegen schleichen mit hängenden Köpfen vom Platz. Der Sieg war fest eingeplant. Dass wir ihn in der letzten Minute noch hergeschenkt haben, tut besonders weh.
Der Papierkorb in der Kabine muss sich von mir ein paar wütende Tritte gefallen lassen.
„So ein Mist! Und ich bin auch noch schuld daran!“
Max versucht, mich zu trösten, und sagt: „Das kann doch dem besten Verteidiger passieren.“
Oh Mann, das weiß ich auch. Oft genug

habe ich selbst schon die besten Verteidiger verladen. Als ich noch Stürmer sein durfte!
Leider scheint unser Trainer nicht unzufrieden mit mir zu sein. „Du hast das nicht schlecht gemacht“, sagt Dirk. „Und wenn du erst noch ein bisschen mehr Übung hast …“

Übung?

„Soll ich etwa weiter hinten rumturnen?“, frage ich erschrocken.
„Es ist doch nur vorübergehend“, sagt Dirk und schaut mich bittend an. „Bis wir einen Ersatz für Murat gefunden haben.“
Aber das ist ja gerade das Problem: Gute Verteidiger wachsen schließlich nicht auf Bäumen. Sonst könnte man sie ja einfach runterschütteln.

WAS SOLL DAS HEIßEN?

Und wenn wir keinen Ersatz finden? Dann stehe ich vielleicht als uralter Opa noch in der Abwehr und meine Karriere als gefährlicher Torjäger ist futsch.

Das ganze Wochenende grübele ich. Und am Montagmorgen quält mich unser Abwehrproblem noch immer. Logisch, dass ich in der Schule nicht aufpassen kann! So schrecke ich ein paar Mal hoch, als Frau Bergmüller mich aufruft. Zum Glück ist das nicht so schlimm, denn ich sitze neben Gregor. Der ist nicht nur superschlau, sondern auch nett. Er hat mich schon manchmal mit der richtigen Antwort gerettet. Aber heute brauche ich ihn viel öfter als sonst.

„Was ist bloß los mit dir?“, fragt er auf dem Heimweg. „Du bist ja völlig durch den Wind.“

Eigentlich ist es zwecklos, ihm von meinen Sorgen zu erzählen. Fußball ist so ziemlich das Einzige auf der Welt, wovon Gregor keinen Schimmer hat. Aber dann erzähle ich es ihm doch.

Gregor hört mir aufmerksam zu. Schließlich sagt er: „Ich kann dir helfen."
„Du? Willst du etwa in unserer Abwehr auflaufen?"
Mitleidig schüttelt er den Kopf. „Quatsch! Ich doch nicht. Aber vielleicht habe ich jemanden für dich."
Entgeistert starre ich ihn an. Gregor? Ausgerechnet Gregor? Der sich nur für Mathe und solchen Kram interessiert? Will der mich verschaukeln? Aber als Witzbold ist er eigentlich nicht bekannt!
Also hake ich nach.

„Leo“, erklärt Gregor. „Ist gerade erst nach Bergheim gezogen und sucht einen neuen Verein.“

„Welche Position spielt Leo denn?“, erkundige ich mich.

„Abwehr, soviel ich weiß.“

Das klingt toll. Eigentlich zu toll, um wahr zu sein. Deshalb zögere ich.

„Na, was ist?“, drängt Gregor. „Komm doch mal mit zu Leo. Wie wär’s mit heute Nachmittag?“

Okay, okay! Ich kann mir diesen Leo ja mal ansehen.
Gleich nach dem Mittagessen ruft Max an und will sich mit mir verabreden. Mit einer Ausrede wimmele ich ihn ab. Eigentlich hätte ich ihn gern mitgenommen. Der Erfolg unseres Teams ist ihm genauso wichtig wie mir. Und als Mannschaftskapitän hat er bei einem neuen Spieler natürlich auch ein Wort mitzureden. Aber noch traue ich der Sache nicht richtig. Wer weiß, was Gregor mir für einen Ladenhüter andrehen will.

Um drei Uhr holt Gregor mich ab und zusammen latschen wir los. Unterwegs versuche ich, ihn über diesen Spieler auszuquetschen. Aber er tut geheimnisvoll und lässt mich zappeln. „Du wirst schon sehen." Mehr ist aus ihm nicht rauszukriegen. Wir sind in der Siedlung am Stadtrand angekommen. Auf einem Bolzplatz jagen drei Fußballer dem Leder nach. Sie spielen jeder gegen jeden auf ein Tor. Zwei sind schon größer, mindestens C-Jugend, schätze ich. Der dritte ist ungefähr in meinem Alter.

Aber der kann mit den Älteren locker mithalten. Giftig führt er jeden Zweikampf und lässt sich nicht abschütteln. Da, schon wieder fegt er dazwischen, erobert die Kugel und versenkt sie im Netz.
Boah, der Typ hat Talent. Abwehr-Talent. Das sehe ich auf den ersten Blick. Genau die richtige Verstärkung für die Bergheimer Kicker!
„Ist das dieser Leo?“, frage ich gespannt.
Gregor nickt und sagt: „Leo und ihre Brüder.“
Ihre? Ihre Brüder? Was soll das denn bitte heißen?

EINE SCHNIPPISCHE ZIEGE

Die drei Fußballer haben uns entdeckt. Sie unterbrechen ihr Spiel und kommen an den Rand. Und im selben Augenblick wird mir alles klar. Die Person mit den raspelkurzen Haaren ist …

„… meine Cousine Leonie“, stellt Gregor vor. Stolz schaut er mich an.

„Aber das ist ja ein Mädchen!“, rufe ich entgeistert.

Leonie verzieht spöttisch das Gesicht. „Was du nicht sagst! Blitzmerker oder was?“

Hallo? Wie redet die denn mit mir? Solche schnippischen Ziegen kann ich gar nicht leiden. Ohne sie zu beachten, wende ich mich an Gregor.

„Wir sind eine Jungenmannschaft“, erkläre ich ihm. „Da kann ich nicht einfach mit einem Mädchen ankommen.“

Gregor versteht das natürlich nicht. Keinen Schimmer von Fußball, wusste ich's doch!

„Warum denn nicht?“, fragt er.

Ja, warum? „Also …“

Ich suche noch nach einer Erklärung, da kommt Leonie mir zuvor. „Gregor, dein komischer Freund denkt bestimmt, Mädchen könnten nicht Fußball spielen.“

Herausfordernd schaut sie mich an.

Also gut, wenn sie es schon selbst sagt, dann will ich ihr ausnahmsweise mal recht geben: „Mädchen-Fußball!" Verächtlich spucke ich auf den Boden. „Das ist was für lahme Enten."

Leonie grinst mich frech an und das macht mich erst richtig wütend. Ich muss ihr einfach etwas Passendes um die Ohren hauen. Deshalb sage ich: „Mädchen sollten besser zum Ballett gehen und das Fußballspielen anderen überlassen. Denen, die es wirklich können."

Einer von Leonies Brüdern mischt sich ein und fragt: „Was ist denn das für ein Knallkopp?"
Unglücklich schaut Gregor von einem zum anderen. Wahrscheinlich hält er alles für ein großes Missverständnis, das er schleunigst aufklären will.
Er versucht es so: „Das ist Finn von den Bergheimer Kickern."
Leonies Sprüche sind genauso giftig wie ihre Zweikämpfe. „Bergheimer Kicker? Haha! Bergheimer Spinner wolltest du wohl sagen."

Ein Mega-Brüller! Sogar Gregor kichert. Wird Zeit, dass ich auch dem mal die Meinung sage: „Halte dich in Zukunft bitte aus meinen Angelegenheiten raus und kümmere dich lieber um Dinge, von denen du was verstehst! Fußball gehört jedenfalls nicht dazu!"

Ich bin ziemlich laut geworden und Gregor schaut mich erschrocken an. Er will etwas antworten, aber das kann er sich sparen. Ich habe genug gehört. Wütend stapfe ich los.

Was für ein Reinfall! Abwehr-Talent? Quatsch! Bestimmt haben Leonies Brüder gar nicht richtig Ernst gemacht, immer zurückgezogen, damit ihre kleine Schwester nicht heult oder bei Mama petzt. Mädchen machen so was ja ständig, das weiß doch jeder.

Gut, dass ich Max und Kevin nicht mitgenommen habe. Die hätten mir vielleicht was erzählt! Ein Mädchen bei den Bergheimer Kickern! Pffff!

Und auf Gregor bin ich echt sauer! Da kann er jetzt mal sehen, wie er das wieder hinbiegt.

So GEHT'S NICHT WEITER!

Aber komisch, Gregor will es gar nicht hinbiegen. In der Schule spielt er den Beleidigten. Dabei hat er doch mich reingelegt, oder?
Okay, wenn er es nicht anders will!
Beleidigt sein kann ich auch. Blöd nur, dass Gregor mich nicht mehr abschreiben lässt.
Und wenn ich aufgerufen werde, denkt er gar nicht daran, mir vorzusagen.

Frau Bergmüller behauptet, ich würde nicht aufpassen. Und bis zum Ende der Woche habe ich mir Gemecker, eine Extra-Arbeit und einen Eintrag in mein Merkheft eingehandelt. Vorsichtshalber lasse ich das Merkheft am Freitag in der Schule liegen. Nicht dass Mama es im ungünstigsten Moment noch entdeckt! So etwas bringt manchmal alle Pläne fürs Wochenende durcheinander.

Am selben Abend spielen wir gegen Niederbiel. Das Ding müssen wir gewinnen.

Leider hat sich unser Abwehrproblem noch immer nicht erledigt und so muss ich wieder hinten aushelfen. Aber noch einmal dort versauern will ich nicht. Angriff ist doch sowieso die beste Verteidigung. Also, auf geht's!
Den Ball am Fuß flitze ich die Linie entlang. Ali winkt. Ich verwöhne ihn mit einem Zuckerpass. Ali weiß, was sich gehört, und versenkt das Leder in den Maschen.

Super!

So kann es weitergehen. Warum soll ich mich unnötig mit Abwehrpflichten aufhalten? Unser Gegner, heute ganz in Blau, hat doch gar nichts drauf. Deshalb können wir ruhig alles nach vorn werfen! Wir erspielen uns Chance um Chance. Leider verhindern die Latte, der Pfosten und der Keeper den nächsten Einschlag. Egal! Das Tor wird schon bald fallen!
Es fällt! Bloß leider anders als gedacht. Ich liege im Sechzehner auf der Lauer, als Kevin den Ball verstolpert. Ein Niederbieler schnappt sich das Leder und düst ab.

Abwehr!

Verdammt, das bin ja ich! Bloß turne ich leider ganz woanders rum. So hat der schnelle Läufer freie Bahn. Emil stürzt aus

seinem Kasten. Vergeblich! Schon zappelt die Kugel im Netz.

Mist! Mist! Mega-Mist!

Was nun? Soll ich hinten bleiben, um noch größeren Schaden zu verhindern? Oder lieber alles auf eine Karte setzen? Ich bin jetzt völlig von der Rolle. Das merken die Blauen und erlauben sich noch ein paar gefährliche Vorstöße. Zum Glück springt nichts Zählbares dabei heraus.

Müssen wir uns schon wieder mit einem kläglichen Unentschieden zufriedengeben? Nein, denn es kommt viel schlimmer. Ein harmloses Schüsschen. Emil fängt es sicher. Er will das Spiel noch einmal schnell machen. Hastig wirft er ab.

Zu hastig. Einem Blauen genau vor den Fuß. Der muss die Zehen nur ausrollen.

Zack! Drin!

Das darf doch nicht wahr sein! Eine Niederlage gegen diesen schwachen Gegner! Gegen den klaren Außenseiter!

Auch auf dem Heimweg sind wir noch fassungslos.

„So geht es einfach nicht weiter“, sagt Kevin.

„Weil wir hinten löchrig sind wie ein Schweizer Käse“, stellt Max fest.

Sofort fühle ich mich angegriffen. „Ach ja? Dann stell du dich doch mal hinten rein!“

Aber Max will gar nicht streiten. „Ich kann es doch auch nicht besser“, sagt er versöhnlich. „Was wir brauchen, ist ein neuer Verteidiger. Und zwar dringend, ehe wir noch mehr vergeigen.“

„Kennst du einen?“, erkundigt sich Kevin.

„Nö!“ Missmutig schüttelt Max den Kopf.

Eine Weile trotten wir wortlos nebeneinanderher.
Plötzlich bleibt Max stehen. „Finn?“
Er klingt wie Frau Bergmüller, wenn sie eine Antwort aus mir rausquetschen will.
„Finn, weißt du, was?“
Ich merke, dass ich eine richtige Glühbirne kriege und sage hastig: „Quatsch! Woher denn?“
Wir haben die Stelle erreicht, an der ich immer abbiege. Schnell mache ich, dass ich wegkomme.

UNTERWEGS MIT EINEM ROSA PONY

Max muss ein Hellseher sein. Oder woher hat er sonst gewusst, dass diese vorlaute Schnepfe noch immer durch meine Gedanken grätscht?
Ob sie vielleicht doch eine gute Verstärkung für unser Team wäre? Okay, sie ist ein Mädchen. Aber dafür kann sie ja nichts, die Arme. Vielleicht hätte sie uns gegen Niederbiel trotzdem helfen können.
Aber sie ist doof, oder? Wenn ich nur daran denke, was die alles zu mir gesagt hat!
Andererseits, wenn wir sie für die Abwehr verpflichten, könnte ich endlich, endlich wieder stürmen. Eine verlockende Aussicht!

Sollte ich ihr also doch eine Chance geben? Auch wenn sie so fies zu mir war?

Eine Weile wälze ich das Problem hin und her. Dann beschließe ich, über meinen Schatten zu springen, und klingele bei Gregor.

„Du?“, fragt er überrascht.

Ich rede gar nicht lange drum herum. „Ich komme wegen deiner Cousine, dieser Leonie. Sie kann ja mal zum Probetraining bei uns vorbeikommen. Und wenn ich ein gutes Wort für sie einlege …“

Gregor unterbricht mich. „Dein gutes Wort kannst du dir sparen. Leonie meldet sich bei Grün-Weiß Struthain an."
Diese Nachricht trifft mich wie ein Schuss in den Magen. Struthain? Ausgerechnet Struthain! Die Struthainer sind die schlimmsten Angeber und unsere größten Gegner! Feinde sind wir, richtige Feinde!
„Das darf sie nicht!", rufe ich erschrocken.
„Und warum nicht?"
„Weil wir bald gegen die Grün-Weißen ranmüssen, deshalb!"

Gregor grinst mich spöttisch an. „Umso besser für euch. Mit Leonie haben die doch gar keine Chance. Denn Mädchen spielen ja wie lahme Enten. Schon vergessen?"
Zack, macht er mir die Tür vor der Nase zu.
Oh Mann! Natürlich habe ich das nicht vergessen. Denn ich habe diesen Mist ja selbst verzapft. Und Mist war es, ein Riesenhaufen Mist sogar.
Egal, ob Mädchen Fußball spielen können oder nicht. Diese Leonie ist bestimmt keine lahme Ente. Ich habe ja mit eigenen Augen gesehen, wie sie ihre großen Brüder kaltgestellt hat. Sie wäre eine super Verstärkung gewesen. Aber nun wird sie bei Struthain mitmischen und uns im grün-weißen Trikot das Leben schwer machen.
Und ich bin daran schuld.

Trübe Gedanken quälen mich, bis ich daheim bin. Jetzt kann nur noch einer helfen: Max! Der weiß meistens einen Ausweg.

Ich rufe ihn an und erzähle ihm von dem Verteidiger Leo, der eigentlich eine Leonie ist. Ich verschweige auch nicht, dass ich die Sache verbockt habe.

Max hört zu. Das kann er gut. Als ich fertig bin, sagt er: „Noch ist nichts verloren. Wir reden mit dieser Leonie, du und Kevin und ich. Wir sagen ihr, dass die Bergheimer Kicker das coolste Team sind, viel cooler als diese grün-weißen Pfeifen. Und wenn du dich dann noch entschuldigst, dann wird sie weich."

„Meinst du?", frage ich unsicher.

„Klar", versichert Max mit Überzeugung. „Mädchen stehen auf Entschuldigungen."

Als ich aufgelegt habe, fühle ich mich schon etwas besser. Aber halt, vielleicht stehen nicht nur Mädchen auf Entschuldigungen.

Ich wähle Gregors Nummer, und als er sich meldet, frage ich kleinlaut: „Wollen wir uns wieder vertragen?"
Gregor überlegt keine Sekunde. „Das wollte ich doch schon lange", sagt er.
Die Zeit drängt. Wenn Leonie sich erst mal bei Struthain angemeldet hat, ist sie für uns verloren. Deshalb machen wir uns gleich am nächsten Nachmittag auf den Weg, Max, Kevin und ich. Gregor ist auch dabei. Weil wir wieder Freunde sind. Und weil er vielleicht ein gutes Wort für uns einlegen kann.

Ich habe meinen neuen Lederball dabei. Und noch etwas, etwas ziemlich Peinliches. Damit das niemand entdeckt, habe ich es in meinem Rucksack verstaut: ein rosa Pony!

Das war Kevins Idee. Kevin hat eine große Schwester. Deshalb weiß er, wie Mädchen ticken. „Mädchen sind ganz verrückt nach Ponys“, hat er uns versichert.

Leider war das Vieh nicht billig und wir mussten unser ganzes Taschengeld zusammenlegen. Ich hoffe nur, niemand hat uns im Kaufhaus beobachtet. Dann wären wir erledigt, in der ganzen Stadt.

EINE WICHTIGE ENTSCHEIDUNG

Am Stadtrand bleibt Gregor vor einem Haus stehen. „Hier ist es“, sagt er.

Ganz ehrlich, ich habe mich schon mal besser gefühlt. Am liebsten würde ich wieder umdrehen. Aber kneifen ist nicht, denn schon drückt Gregor auf den Klingelknopf.

Leonie macht die Tür auf und begrüßt uns mit einem knappen „Ach ja?“.

Verlegen trete ich von einem Fuß auf den anderen. Was soll ich bloß sagen?

Zum Glück ergreift Kevin das Wort.

Ausführlich schildert er, wie ich von Leonies Talent geschwärmt hätte. Bei Kevins Vortrag sieht Gregor ein bisschen verwirrt aus. Möglicherweise hat er unsere Diskussion etwas anders in Erinnerung. Doch er ist schlau genug, die Klappe zu halten.
Ich nicke eifrig zu Kevins Worten. Aber es nützt nichts. Leonie verzieht nur spöttisch das Gesicht. Gleich wird sie die Sache richtigstellen und mich vor meinen Freunden runterputzen. Doch gerade noch rechtzeitig zeigt Max auf meinen Ball und fragt: „Wollen wir 'ne Runde kicken!“

Diesem Vorschlag kann Leonie nicht widerstehen. Zusammen ziehen wir zum nahe gelegenen Bolzplatz.
Dort entscheidet Leonie: „Wir spielen Abwehr gegen Angriff. Also du“, sie zeigt auf Kevin, „und ich gegen euch beide. Und Gregor geht ins Tor.“
„Als Tormann?“, fragt Gregor besorgt. „Das kann ich doch gar nicht.“
„Keine Angst“, versichert Leonie. „Du wirst nicht viel zu tun kriegen.“

Tatsächlich bekommen wir nur wenig Gelegenheit, dem Freizeit-Keeper Schwierigkeiten zu machen. Die Verteidigung unter Leonies Kommando arbeitet hervorragend. Was Max und ich auch versuchen, immer ist schon ein Abwehrbein da.

Besonders ich habe bei den Zweikämpfen oft das Nachsehen. Dabei habe ich es doch schon längst kapiert: Dieses Mädchen kann Fußball spielen.

Endlich entwische ich meiner Bewacherin doch einmal. Und nun? Soll ich einen Hammer auspacken?

Ich habe eine bessere Idee. Vorsichtig stupse ich den Ball an. Wie ein zahmes Kaninchen hoppelt er in Gregors Arme.
„Gehalten!“, ruf Gregor und strahlt. Ich gönne es ihm. Diese kleine Belohnung hat er sich wirklich verdient.
„Pause!“, ruft Max.
Erschöpft hocken wir uns an den Rand.
„Hey, du bist echt gut!“, staunt Kevin. „Wo hast du das gelernt?“
„In meiner alten Mannschaft in Felden. Da habe ich gespielt, seit ich laufen kann.“
„Und nun sollst du bei uns spielen“, sagt Max feierlich. „Nämlich in deiner neuen Mannschaft, bei den Bergheimer Kickern.“
Leonie rupft Grashalme aus und schaut keinen von uns an.
„Was sagst du dazu?“, drängt Kevin.

Nichts! Noch immer kein einziges Wort! Oh Mann, warum zögert sie denn? Vielleicht weil ich mich noch immer nicht entschuldigt habe? Dann wird es jetzt wohl höchste Zeit!

„Also, was ich neulich gesagt habe … du weißt schon …“

Leonie winkt ab. „Geschenkt!“

Geschenkt? Richtig! Ich habe ja noch etwas vergessen. Schnell ziehe ich das Pony aus meinem Rucksack und halte es ihr hin.

Hoffentlich fällt sie mir nicht vor lauter Dankbarkeit um den Hals! Das wäre nämlich extrapeinlich!

Ne, keine Spur von Dankbarkeit! Sie rümpft die Nase, als wäre unser Geschenk ein stinkender Kuhfladen. Was ist bloß los mit ihr?

„Aber … aber Mädchen sind doch ganz verrückt nach Ponys“, sagt Kevin unsicher.

Leonie seufzt. Dann macht sie endlich den Mund auf: „Okay, okay. Ich kann mir eure Kicker ja mal anschauen. Unter zwei Bedingungen.“

„Ja?“

Wir warten gespannt.

„Also erstens, ich heiße Leo. Leo! Und zweitens …“

„Zweitens?“

„Zweitens nehmt ihr dieses kitschige Teil wieder mit. Da muss man sich ja schämen!"
Kevin weiß, wie Mädchen ticken? Vielleicht kennt er sich mit großen Schwestern aus. Von knallharten Fußballerinnen hat er jedenfalls keinen Schimmer.
Schnell schiebe ich das Pony wieder in den Rucksack. Schade um das schöne Taschengeld! Aber so ist das nun mal! Auch die Vereine in der Bundesliga müssen für neue Spieler Geld in die Hand nehmen.

KEIN GRUND ZUM JUBELN

Leo hält Wort. Beim nächsten Training der Bergheimer Kicker ist sie dabei. Und sie kann locker mithalten. Dribbeln, passen, Torschüsse – man merkt, dass der Ball schon lange ihr Freund ist. Bei einem kleinen Spiel zum Abschluss fügt sie sich ein, als wäre sie seit den Bambinis in unserer Mannschaft.

Auch Dirk ist von dem Neuzugang beeindruckt. „Also, wenn du bei uns anfangen willst …“

Das will sie doch, oder?

Puh, Glück gehabt, sie nickt.

„… dann werde ich mich sofort um einen Spielerpass kümmern, damit du möglichst bald auch offiziell bei uns einsteigen kannst."

Ganz so schnell geht es dann doch nicht und im Auswärtsspiel gegen die SG Talheim muss ich noch einmal hinten aushelfen. Aber diesmal nehme ich es nicht so schwer. Denn ich weiß ja, dass ich bald auf meinen angestammten Platz zurückkehren kann. Deshalb schiele ich nicht die ganze Zeit sehnsüchtig nach vorn, sondern konzentriere mich auf meine Aufgabe. Ich mache es ganz gut, glaube ich. Wir halten die Null und treffen selbst viermal. Na bitte, geht doch!

Und dann ist Leos Spielerpass endlich da. Rechtzeitig zum Spiel gegen Limbach. Leo wird die Abwehr organisieren und ich darf endlich wieder vorn mitmischen und Tore schießen.

Viele Tore!

Ich bin total aufgeregt und fiebere dem Wochenende entgegen. Da kann man so eine Kleinigkeit wie Hausaufgaben schon mal vergessen.

Leider ist Frau Bergmüller anderer Meinung. Zuerst schimpft sie mit mir. Dann fällt ihr plötzlich der Eintrag in meinem Merkheft wieder ein und sie möchte eine Unterschrift sehen. Keine von mir natürlich, sondern eine von Mama oder Papa.
Wie kann man nur so nachtragend sein? Der Eintrag ist doch Schnee von gestern und sozusagen verjährt. Außerdem kann ich meiner Lehrerin ihren Wunsch nicht erfüllen, beim besten Willen nicht. Denn das Merkheft mit dem blöden Eintrag habe ich längst im Müll entsorgt. Sicher ist sicher!

Endlich ist Samstag! Spieltag!
Gerade packe ich meine Sachen, als das Telefon klingelt. Vielleicht Max oder Kevin? Nein! Als Mama den Hörer auflegt, macht sie ein ganz komisches Gesicht. Sofort ahne ich nichts Gutes. Ich schnappe meinen Rucksack und will mich an ihr vorbeidrücken. Aber Mama versperrt mir den Weg wie ein knallharter Manndecker. Und dann kriege ich einiges zu hören. Am Telefon war nämlich Frau Bergmüller. Sie hat sich über mich beschwert und dabei natürlich mächtig übertrieben. Aber Mama glaubt der Lehrerin mehr als mir und ist stinksauer.

„Und deshalb bleibst du dieses Wochenende mal daheim!“, sagt sie. Also, das kann sie unmöglich ernst meinen. Nicht heute! Ich werde doch gebraucht! Aber als ich Mama daran erinnern will, legt sie erst richtig los: „Fußball! Das ist genau das Problem. Du hast nichts anderes im Kopf! Und deshalb ist es besonders gut, wenn du mal eine Denkpause bekommst.“ Ich fange an zu betteln, verspreche, mich zu bessern, und quetsche sogar ein paar Tränen hervor. Alles umsonst! Es bleibt dabei. Ich werde meiner Mannschaft heute nicht helfen können. Denn Finn Melzer, gefährlicher Stürmer der Bergheimer Kicker, hat Hausarrest.

Wie soll ich das meinem Trainer erklären? Und Max und Kevin und den anderen?

Wütend stapfe ich in mein Zimmer und pfeffere meinen Rucksack in die Ecke. Etwas fällt heraus, das hässliche Pony. Also, dieses blöde Vieh hat mir gerade noch gefehlt. Ich versetze ihm einen Tritt – Vollspann – und es fliegt in hohem Bogen durch mein Zimmer. Zack – landet es in der Müslischüssel auf meinem Schreibtisch. Na toll, da habe ich heute ja doch noch getroffen. Aber dieses Tor ist nun wirklich kein Grund zum Jubeln.

RETTUNG IN LETZTER SEKUNDE

Ich weiß nicht, wie lange ich so dahocke und vor mich hin starre. Irgendwann geht die Tür auf und meine kleine Schwester Emmi kommt herein. Mitfühlend schaut sie mich an und fragt: „Wollen wir was spielen?"
Pah! Spielen mit einem Kindergartenkind! Als ob mich das trösten könnte! Nein, ich bin untröstlich! Deshalb darf ich auch unfreundlich sein und meine Schwester anschnauzen: „Verschwinde!"
Emmi verschwindet nicht. Stattdessen ruft sie: „Wie süüüüß!" Begeistert schwenkt sie das rosa Pony durch die Luft.

Und bevor ich ihr sagen kann, sie soll gefälligst die Finger von meinen Sachen lassen, kreischt sie auch schon los: „Mama! Mama, komm mal ganz schnell!“

Hä? Was ist denn nun schon wieder los?

Das fragt Mama sich wohl auch. Besorgt kommt sie angerannt.

„Schau mal, Mama! Finn hat mir was mitgebracht!“ Ganz verzückt drückt Emmi das Pony an sich.

„Stimmt das, Finn?“, fragt Mama. „Ein Geschenk für Emmi? Ich wusste gar nicht, dass du so nett zu deiner kleinen Schwester bist.“

Also, das wusste ich eigentlich auch nicht. Ich druckse noch an einer Antwort herum, da fällt Emmi mir um den Hals. Jetzt drückt sie mich ganz fest und brüllt mir ins Ohr: „Danke, Finni! Daaaanke!"

Diese Szene lässt selbst Mama nicht kalt. Gerührt sagt sie: „Dann will ich mal nicht so sein. Der Hausarrest ist ausnahmsweise aufgehoben."

Juhu!

Klar, dass ich es jetzt ganz furchtbar eilig habe. Ich bin schon an der Tür, da fällt mir noch etwas ein. Schnell flüstere ich Emmi zu: „Wenn du willst, spielen wir nachher zusammen! Du und ich und das Pony."

In Weltrekordzeit radele ich zum Stadion. Die anderen sind alle schon umgezogen. „Oh Mann, wo bleibst du denn?", fragt Max vorwurfsvoll. „Wir dachten schon, du kommst gar nicht mehr.“

„Es war auch haarscharf. Und wenn das Pony nicht gewesen wäre …“

„Pony?“ Ali schaut sich suchend um. „Was denn für ein Pony? Bist du zum Stadion geritten?“

Für eine Erklärung bleibt mir keine Zeit, denn der Schiedsrichter macht uns ein Zeichen und die Mannschaften müssen auflaufen.

Gegen die Limbacher, ganz in Weiß, haben wir noch nie gespielt. Boah! Die sind richtig stark und überraschen uns mit einem ganz schönen Angriffswirbel.

Eigentlich wollte ich nie mehr in der Abwehr spielen. Aber damit komme ich bei Leo nicht durch. „Alle müssen hinten aushelfen!“, verlangt sie.

Okay, ich sehe es ja ein. Bei dem Druck der Gegner wird jedes Bergheimer Bein in der Abwehr gebraucht.

Jedes Bein und auch eine gehörige Portion Glück. Jetzt zum Beispiel. Ein strammer Schuss trifft – puh – nur den Pfosten!

Doch schon rollt die nächste Angriffswelle. Im letzten Augenblick kann ich den Ball ins Tor-Aus drücken.

Ecke! Achtung, Gefahr!

Die Kugel zischt heran. Gleich zwei weiße Stürmer schrauben sich hoch und recken die Hälse. Vergeblich. Leo ist schneller. Sie köpft das Leder raus und auf einmal ist Max damit unterwegs.
Weil alle Limbacher sich im Torschuss-Fieber in unserer Hälfte tummeln, hat Max freie Bahn. Ein Lupfer über den herausgeeilten Tormann – drin ist das Ding! Jawoll!
Ein super Tor! Und wer hat den Konter eingeleitet? Leo, unsere großartige neue Spielerin!

SO EIN BLÖDSINN!

Die Weißen lassen sich von unserer Führung nicht beeindrucken und machen weiter Druck.

Und dann, in der zweiten Halbzeit, passiert es. Etwas Schreckliches!

Leo spitzelt einem Limbacher den Ball weg und legt zurück. Auf Emil. Aber der ist selbst gerade im Strafraum unterwegs, um den Angreifer zu stellen. Bevor unser Keeper den Rückwärtsgang findet, können die Gegner schon jubeln.

Über ein Eigentor!

Verzweifelt schlägt Leo die Hände vors Gesicht.

Tja, so ein Fehler kann auch dem besten Verteidiger passieren. Das weiß ich aus eigener Erfahrung. Ich weiß aber noch etwas viel Wichtigeres: Einen Fehler müssen wir alle zusammen ausbügeln. Als hätte Leos Missgeschick uns wachgerüttelt, sind nun wir am Drücker. Zunächst noch ohne zählbaren Erfolg. Ali verzieht knapp. Kurze Zeit später setzt Kevin einen Hammer gegen den Pfosten. Und meinen Kopfball pariert der Limbacher Tormann leider wie ein Weltmeister.

Dann – endlich – ist es so weit. Leo erobert den Ball und schickt Max. Ich sprinte los. Genau im richtigen Moment! Ich spüre die Kugel vor meinen Zehen, und ehe irgendein Limbacher eingreifen kann, zappelt sie im Netz.
Ist das der Sieg? Das *muss* er doch sein, oder?
Doch plötzlich ist ein Weißer entwischt. Ganz frei taucht er in unserem Strafraum auf. Schon nimmt er Maß. Nein, wie schrecklich! Das wird der Ausgleich!
Wetten?

Aber da rauscht Leo heran. In höchster Not grätscht sie ihm das Leder von der Fußspitze. Oh Mann, bin ich froh, dass sie bei uns ist! Wir alle sind froh!

Wirklich alle?

Draußen auf der Bank hockt sich der arme Timmi den Po platt. Als ich noch in der Abwehr aushelfen musste, durfte er von Anfang an ran. Vielleicht ist er nicht so froh über unsere Neuerwerbung. Armer Timmi! Er tut mir leid. Ob ich vielleicht ...?

Das Spiel ist gleich rum. So kurz vor dem Abpfiff kann ich auch mal großzügig sein!

Ehe ich es mir noch anders überlege, mache ich unserem Trainer das Zeichen zum Wechseln. Glücklich flitzt Timmi für mich aufs Feld.

Mit einem langen Ball bringt Ali ihn gleich ins Spiel. Aber Timmi verliert den Zweikampf am Sechzehner. Und schon rollt der Konter.

Hinterher! Mann, was macht Timmi denn? Bleibt einfach stehen! Pennt der oder was?

Aufgeregt kaue ich an meinen Fingernägeln. Bestimmt verspielen wir die Führung nun doch noch. Wie konnte ich Trottel, ich Riesen-Trottel, meinen Platz nur für Timmi räumen? Ihn kann man einwechseln, wenn wir hoch führen.

Aber nicht bei einem so knappen Ergebnis gegen diesen starken Gegner. Auch nicht in

der letzten Spielminute! Und wenn der Ausgleich jetzt fällt …

Puh! Glück gehabt! Er fällt nicht! Denn Emil packt sicher zu.

Jetzt bloß kein Risiko mehr eingehen! Den Ball in den eigenen Reihen halten und die Uhr runterspielen!

Nein, Leo entscheidet sich anders. Mit einem weiten Schlag findet sie ...

Timmi!

Keine gute Idee! Da ist der Ball doch gleich wieder weg!

Aber was ist das? Auf einmal ist Timmi hellwach. Wie ein Profi schiebt er die Kugel am verdutzten Keeper vorbei in die Maschen!

Ehe die anderen den Torschützen zum Gratulieren einfangen können, hängt Timmi schon an meinem Hals und kreischt mir ins Ohr: „Ich habe getroffen! Ich habe wirklich getroffen!“

„Wusste ich doch, dass du heute ein Tor machst“, sage ich übermütig. „Für so was habe ich ein Näschen.“

Das Spiel ist entschieden. Das wissen auch die Limbacher und geben auf. Kurz danach feiern wir ausgelassen unseren Sieg.

„Leo, du bist wirklich eine super Verstärkung“, schwärmt Max.

Vergnügt reibt Kevin sich die Hände. „Und dass wir dich den Struthainern weggeschnappt haben ...“

Stimmt! Das ist besonders toll!

„Die werden sich schwarz ärgern“, sage ich.

„Schwarz? Ne!“ Leo grinst schadenfroh.

„Die ärgern sich bestimmt grün-weiß!“

Grün-weiß oder schwarz, das ist egal. Hauptsache, sie ärgern sich richtig. Und das werden sie, wenn sie sich an unserer neuen Abwehrchefin die Zähne ausbeißen. Leo ist eine lahme Ente und sollte lieber zum Ballett gehen? Von wegen! Ich frage mich wirklich, wer manchmal solchen Blödsinn verzapft.

Frauke Nahrgang / Nikolai Renger

Die Kickerbande

Band 1
978-3-401-71094-5

Anpfiff für das Siegerteam

Für Finn und seine Kickerbande ist Fußball das Wichtigste auf der Welt! Aber neuerdings muss er die Spiele von der Ersatzbank aus anschauen. Kevin, der Neue, spielt jetzt auf seiner Position. Außerdem belagert er Max, der eigentlich Finns bester Freund ist. Finn ist stinksauer! Doch als plötzlich Spielmacher Max ausfällt, ist Kevin der einzig mögliche Ersatzspieler. Lässt Finn sich darauf ein, dem Neuen eine Chance zu geben?

Band 2
978-3-401-71095-2

Fußballfreunde halten zusammen

Ein wichtiges Auswärtsspiel steht an und ausgerechnet jetzt gibt es schlechte Nachrichten für die Kickerbande: Emil, der Tormann, ist rotgesperrt und sein Vater hat außerdem ein Fußballverbot verhängt. Nun soll Finn sich ins Tor stellen, auch wenn er eigentlich Stürmer ist. Wird er diese große Aufgabe meistern?

Band 3
978-3-401-71172-0

Wir gewinnen den Pokal!

Die größten Konkurrenten der Kickerbande, die Grün-Weißen, veranstalten ein Turnier. Für Finn und seine Kicker ist klar: Das ist DIE Gelegenheit, ihnen eins auszuwischen. Doch dann kommt alles anders: Die Freunde beobachten, wie der Spieler einer anderen Mannschaft die Schuhe eines Grün-Weißen manipuliert. Eigentlich wäre es toll, wenn die Lieblingsfeinde sich so richtig blamieren, aber fair wäre das nicht. Wofür wird sich die Kickerbande entscheiden: faires Spiel oder die Niederlage der Gegner?

Oliver Pautsch / Timo Grubing

Vico Drachenbruder

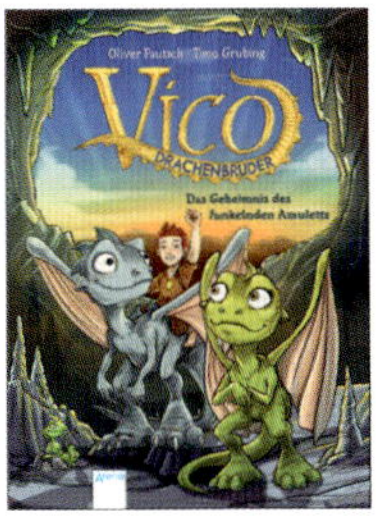

Band 1
978-3-401-71178-2

Das Geheimnis des funkelnden Amuletts

Allein unter Drachen! Vico Drachenbruder ist der einzige Mensch in einer Familie von Drachen. Und obwohl er selbst natürlich nicht fliegen kann, liebt er nichts so sehr wie mit seinen Drachengeschwistern durch die Wolken zu toben. Aber was tut seine Schwester da? Einem geheimnisvollen Funkeln folgend landet sie im verbotenen Hügelwald und damit in ernsthaften Schwierigkeiten! Vico jagt ihr furchtlos hinterher und stürzt sich so in sein erstes großes Abenteuer.

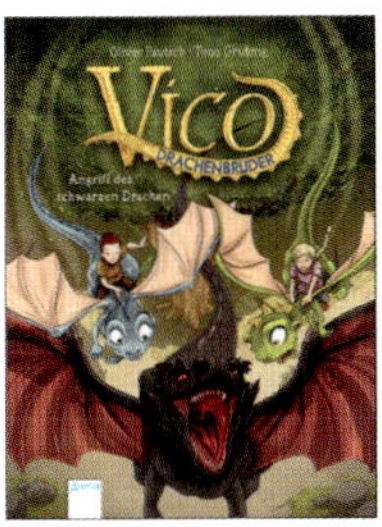

Band 2
978-3-401-71190-4

Angriff des schwarzen Drachen

Der schwarze Drache greift an! Vico und seine Drachenfamilie können es kaum glauben. Was geht da nur vor? Sofort eilen sie den verängstigten Dorfbewohnern zu Hilfe. Schließlich sind nicht alle Drachen böse! Das zweite spannende Abenteuer von Vico Drachenbruder und seinen Freunden.

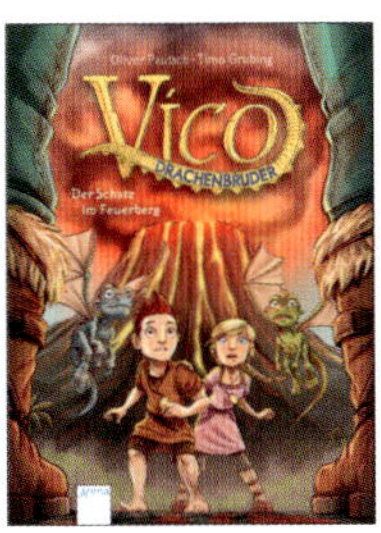

Band 3
978-3-401-71511-7

Der Schatz im Feuerberg

Vico Drachenbruder und Mona machen sich auf die Suche nach ihrer Mutter Senta. Ausgerechnet sie soll die gefährliche Kriegerin sein, die das Gold des Feuerberges bewacht – eine Geschichte, die ihnen schon als Kinder Furcht eingeflößt hat. Gemeinsam mit Vicos Drachengeschwistern machen sie sich auf den Weg. Und ein schwarzer Schatten ist ihnen dicht auf den Fersen …

Arena

www.arena-verlag.de